당신 꼭
행복하세요

오늘 행복은 당신 거예요

당신 꼭
행복하세요

최유진 지음

어렵고 힘든 시기

그 글이 나의 위로가 되고 희망이 되었으면 좋겠어요

- 〈서문〉 중에서

좋은땅

서문

2020년, 그 어느 해보다
유난히 힘든 나날을 보내면서 마음 하나로 이어진
끈끈하고 깊은 정을 새삼 느낍니다

코로나바이러스 감염증-19로 전 세계가 마비되고
긴 장마로 수해 입은 분들이 많아
가슴 아픈 안타까운 현실 앞에
우리 모두의 바람은 한마음일 거라 생각합니다

힘든 여건 속에서도
하루하루 최선을 다해 살아가는 분들의 땀방울
오곡백과 익어 가는 가을엔
희망의 결실을 맺을 수 있기를 간절히 바라며

저 또한

건강이 좋지 않아 마음마저 힘들 때

손 내밀어 준 고운 인연, 자신감을 불어 넣어 준

고마운 사람들이 있기에

용기 내어 2권을 낼 수 있었답니다

부족한 글이지만

어렵고 힘든 시기

조금이나마 위로가 되고 희망이 되었으면 좋겠어요

2집 출간에 용기를 주신 분들께

감사의 마음 전하며

더불어 출판사 '좋은땅'에 깊이 감사드립니다.

장맛비 내리는 어느 날
최유진

목차

2부

가끔 흔들려야 인생이지

3부

사랑은 따뜻한 심장으로

4부

생각이 나서

1부

너라서 행복해

너라서 행복해

소박한 밥상이지만
너와 함께
마주할 수 있어 더 맛있고

즐겁고
신나는 음악이 아니어도
너와 함께 나란히 앉아

눈을 지그시 감으면
아름다운 선율
스르르 빠져드는 행복

그게 너라서
너와 함께라서 행복해.

오늘 행복은 당신 거예요

꽃 피는 봄인 줄 알았는데
꽃향기 느껴 보지 못하고
어느새 문턱에 걸려 있는 가을

아무도 모르게
멀리 보내고 싶었던 힘든 일들
맘대로 되지 않는 게 인생이라지요

그래서
인생이라는 이름 앞에
희로애락이 있나 봅니다

당신이 있어
가슴 아픈 일은 반으로 줄어들고
함께 나누면 배가 되는 기쁨처럼

웃는 모습만 보아도

덩달아 웃게 되는 이 행복

오늘 행복은

그동안 힘들었던 당신이 모두 가져요.

선물 같은 그런 날에는

눈 맞춤으로 여는 이 아침
예전에
느껴 보지 못한 일도 아니고
처음 맞는 일상도 아닌데

오늘따라
유난스럽게 행복한 건
커피 향 가득한 하루를
열어 갈 수 있기 때문입니다

똑같은 일상도
때론 새롭고
더 소중하게 느껴지는 날

살아 있음이
살아가는 날들이
선물 같은 그런 날에는

언제나 내 편이 되어 주고
응원해 주는 사람들과
삶의 노래를 부르고 싶습니다.

가을 커피

은은한 향기가 좋아
한 모금
두 모금

배어 나오는 깊은 향
어디서 왔을까
그새 가을빛이 물들었나 봐

가을엔
모든 향기가 깊어지듯
커피도
짙은 갈색향기로 유혹한다

너처럼….

어제와 다른 오늘

커튼 너머 햇살이 춤추면
덩달아 기분 좋아

온몸을 휘감는 청명함
부스스한 머리카락 쓸어 올리며
기지개는 덤으로 핀다

은은한 향의 모닝커피
하루 행복을 보증이라도 하듯

이 시간만은
어제의 아픔과 힘듦 떨쳐 버리고
선물 받은 오늘
그저 감사할 뿐이다.

9월엔

8월을 잘 견뎌 준 당신
9월엔 조금만 아파하고
덜 힘들었으면 좋겠습니다

하늘거리는 코스모스도
시들기를 반복하고
예쁜 꽃을 피우듯
인생이야 어찌 말 한마디로
꽃을 피워 낼 수 있을까요

농부의 손길이
고스란히 담긴 가을 들녘
보기만 하여도 뿌듯하고
눈가가 촉촉해집니다

그래서
가을이 익어 가는 9월은
고개를 숙이나 봅니다.

아름다운 이름이여

따뜻한 햇살
소담스러운 한 송이 꽃처럼
갈잎에 머무는 다은이여
그대가 뿌려 놓은 향기로
이 가을, 아름답게 익어 갑니다

이름만 불러도
눈물 나는 날 있었고
생각만으로도
미소 짓는 날이 있었습니다

마루에 걸터앉은 그리움
서산에 기울 때에도
그대 덕분에 외롭지 않았습니다

이름만으로
아름다운 하람이여

눈부신 이 가을

그대가 아프지 않고

행복하기만을 바랍니다.

봄바람

살랑살랑 부는 바람
어디서 왔길래
이리도 향긋할까

쑥내음 달래 향기
꽃바구니 든 어여쁜 봄처녀인 양
콧노래 절로 나온다

미세 먼지 가득해도
엄마 품처럼 따뜻한 봄

꽃샘추위 와도 겁나지 않아
난 희망을 뿌리는 바람
봄바람이니까.

고마운 인연

우리는 어디에서 만나
이렇게 아름다운 인연이
되었을까

굳이
인연에 대해 말하지 않아도
마음이 느끼는 우리

표현이 서툴고
행동으로 보이지 않아도
알 수 있는 우리

많고 많은 사람 중
스치듯 만난 우리지만
어떤 인연보다 소중해

그 고마움을

그 따뜻함을
어찌 수식어의 언어로
채울 수 있을까.

좋은 사람

봄비가 촉촉이 내리는 날
커피 한잔하자며
마음 따뜻하게 데워 주는 사람

별일 아닌 듯
잘 지내냐는 안부로

보고 싶다고
사랑한다고
살며시 속내를 보이며
수줍은 미소를 건네는 사람

때때로 그리움 한 잔으로
추억 속에 머무는
참 좋은 사람.

금요일

상쾌한 바람이
코끝을 간지럽히는
기분 좋은 아침

특별한 계획 없는 주말이 오지만
주말보다 더 기다려지고
마음 설레는 금요일

오늘은 왠지
좋아하는 너를 처음 만나는
그런 느낌이 든다.

봄을 소환하다

봄을 닮은
앞치마를 두르고
봄을 식탁에 올려놓으니
입가에 옅은 미소가 번진다

달래 아가씨
머위 총각
향기로 사로잡더니
입맛을 돋우네

갓 태어난 아기 두릅
솜털이 보송보송
비싼 값만큼
봄철 영양덩어리가 따로 없다

봄에는 쑥국, 쑥국
파릇파릇한 쑥을 뜯어

보글보글 도다리 된장국

면역력은 기본, 덤은 향기
입안 가득
봄 향기로 가득 채우니
이보다 더 행복할 수 있을까.

4월 그대여

꽃 피고 지는 4월은
봄 향기 풀풀 날리는 계절
예기치 않은 기후 변화
살을 에듯 불어오는 찬바람

흔들흔들 휘청거리며
꿋꿋하게 버티고
희망이란 글자를 아로새겨 준
고마운 그대입니다

그대 덕분에
형형색색 예쁘게 색칠하고
살랑이는 봄바람에
두근두근 설레기도 하며

웃음 많은 소녀처럼
별일 아닌 일에 웃게 되고

흐드러진 꽃잎
마음이 흔들렸습니다

첫사랑처럼 오신 그대여
희망을 주고 가신 그대여
그대 덕분에 행복했습니다.

봄이 내게로 왔다

햇살이 맑으니
마음이 덩달아 웃게 되고
파란 하늘이 손짓하니
괜스레 설렌다

바삐 걸어온 인생
뒤돌아볼 겨를 없다지만
돌아보고 나면 하찮은 게 없는
디딤돌, 인생 서막이었다

인생이 별거더냐
행복이 별거더냐
흐드러진 봄꽃
흩날리는 꽃비 맞으며
콧노래 흥얼거리면 그만이지

너도 나처럼

나도 너처럼

축축한 가슴 매만지고

햇살 한 줌으로 말려 보자.

오늘은 내가 주인공

괜스레 히죽히죽 웃음이 나
맛있는 음식 먹지 않아도
비싼 선물, 받지 않아도

'어린이 날'이라는 이름만으로
오늘 하루
내 생일이고 선물인 것 같아

온 세상이
나를 위해 축복해 주고
노래 불러 주니

오늘만큼은
무거운 가방 내려놓고
가슴 한번 쭉 펴 보자

오늘은 내가 주인공

나라의 일꾼

나라의 희망

온 세상 떠나갈 듯

깔깔거리며

크게 한번 웃어 보자.

봄을 닮은 사람

살다 보면
가슴 무너질 때가 있습니다

아무리 애쓰고
지푸라기라도 잡고 싶지만
실낱같은 빛도
보이지 않을 때가 있지요

아무리 예쁜 꽃도
바람에 흔들리며 피나니
우리네 인생이야
어찌 볕 들 날만 있을까요

누군가 내게
손 내밀고 꼭 잡아 줍니다
누군가 내게
어깨를 다독이며

괜찮다고 말해 줍니다

희망을 던져 주고
따뜻한 손을 지닌 사람
설렘을 주는 그 사람은
봄을 닮은 사람입니다.

오월을 보내며

가족이라는 의미를 되새겨 준
오월 덕분에
감동의 물결이 일렁이고

메마른 가지마다
새록새록 피어나는 희망
상처 안은 가슴
한 줄기 빛이 되는 오월

쉼 없이 흘러가는 시간
피곤한 몸, 가만히 눕히노라면
토닥토닥 다독이는 손길이
엄마 품처럼 따뜻했던 오월

차곡차곡 쌓아 놓은
보물 창고처럼
고운 향기 뿌려 놓은 오월은
소중한 사랑이었습니다.

커피와 그대

항상
같은 커피를 마시지만
날씨에 따라
그대 생각에 따라
그윽하기도 하고
쓰기도 하다

오늘은
달콤한 커피를 마실래
그대 생각을 넣고
그대 미소를 넣고
동그라미를 그려야지.

가을아 부탁해

창가에
가을 햇살이 내린다
괜스레 기분 좋아

커튼을 살짝 열어젖히니
온몸으로 느끼는 가을 향기
참 좋다

콧노래 흥얼거리는 오늘
왠지 좋은 일 생길 것 같은
예감이 드는 날

이런 날은
코끝에 스며드는 가을에게
살며시 눈을 감고
하루를 맡겨 보자.

그 사람

아픈 건 괜찮냐며
조심스레 묻는 걱정의 안부
고개를 끄덕이며
살며시 미소 지어 본다

그 사람
따뜻한 마음이
가슴에 스며드는 날

그 사람
위로가 힘이 되고
행복을 주는 오늘
무엇보다 값지고 소중해

누구라고 말 안 할게
콕 집어 말 안 해도
그 사람 느낄 거니깐.

어머니 당신은

오늘
당신을 만나니
너무 행복합니다

당신 고운 미소는
여전히 아름답고
당신이 잡아 준 손은 너무 따뜻해
가슴 뭉클합니다

당신께서
밥 위에 얹어 준 찬은
예나 지금이나
어찌 그리 맛있는지
괜스레 마음 짠합니다.

내가 꿈꾸는 그곳

저 언덕 너머
푸르른 희망이 넘실대고
웃음 넘쳐 나는 곳

가다가 넘어지면 어때
포기하지 말고
쉬엄쉬엄 걸어가 보자

사랑이 손짓하고
꿈과 희망이 움트는 곳
그곳엔 언제나 그대가 서 있다

힘들어도
다시 일어서서
묵묵히 걸어가는 인생

손잡고 함께 가 보자
그대와 내가 꿈꾸는 그곳으로.

행복을 드립니다

상쾌함으로
하루를 맞을 수 있어 행복한 아침
이 행복
그대에게 나눠 드립니다

행복이 넘쳐
드리는 건 아닙니다
귀찮아 나눠 주려는 건
더 더욱 아니에요

힘들어하는 그대가
행복하게 살아간다면
더 이상 바랄 게 없는 마음
무엇이든
함께하고 싶기 때문이지요

늘 밝은 마음

아름다운 눈으로 살아간다는 건
쉬운 일 아니지만
마음먹기 달려 있는 이 행복
우리 함께 만들어 가요.

초복

살아가면서
제일 소중한 건 건강이더라

아무리 잘나고
돈 많은 사람도
건강엔 장사(壯士) 없고

아무리 먹고 싶고
맛있는 음식도
건강하지 않으면 그림의 떡이더라

내 맘대로
되지 않는 것도 건강
건강할 때 지켜야 하는 것도 건강

건강의 소중함을
새삼스레 깨닫게 되는 복날

그동안 수고한 나를 위해
보글보글 삼계탕
불끈불끈 장어구이

사각사각 달콤 달콤
시원한 수박 한쪽 먹으며
너도 나도 건강 꼭 챙기자.

언제 이렇게 정이 들었을까

만나면 반갑고
괜스레 기분 좋은 사람

힘들었던 일도
무덤덤하게 만들고
보고 있으면
바보처럼 웃음이 나는 사람

보이지 않는 날엔
자연스레 걱정되고
아프다는 말은
마음 깊이 파고들어
잠을 설치게 하는 사람

언제 이렇게 정이 들었는지
하루 일과 중
시간표가 되는 사람

올 가을엔

그 사람 마음에

시가 되어 내리고 싶다.

글이 있기에

내가 힘들 땐
위안을 삼을 수 있는 글이 있었고
내가 아플 땐
그 아픔, 다독여 주는 글이 있었다

내가 사랑할 땐
아름다운 글귀들만 보아도
설레고

내가 행복할 땐
행복의 글을 전파하여
많은 사람들과 함께 나눴으며

지금 이 시간
글이 있기에 함께 나누는
따뜻한 마음과 정
고맙고 행복해.

사랑하는 그대여

사랑하는 그대여
누가 뭐래도
오늘만큼은 웃으며 보내자

힘든 일은 잠시 미뤄 놓고
불어오는 바람
오로지 나만을 위해
온몸으로 느껴 보자

사랑하는 그대여
누가 뭐래도
오늘만큼은 행복하기로 하자

바삐 걸어온 날들
다리 한번 쭉 펴고
행복 단추를 느슨하게 풀어 보자.

2부

가끔 흔들려야 인생이지

가끔 흔들려야 인생이지

친구야
흔들리는 마음 부여잡고
너무 힘들어하지 말자

어차피 인생은
누구나 흔들리며 살아가는 것
너무 올곧게
살아가려 애쓰지 말자

너도 흔들리고
나도 흔들리고
가끔 흔들려야 인생이지

흔들리며 피는 꽃이
더 향기가 나듯
흔들리며 견뎌 온 인생
아름다운 웃음꽃이 핀다

우리

중심 잃지 말고

꼭 잡으며 살아가자 친구야.

이쯤 살아 보니

삶의 중간에
와 보니 알겠더라

우리네 욕심은 끝이 없지만
욕심내서 될 일 있고
안 될 일 있다는 걸

부정은 마음을 병들게 하고
긍정은 마음을 여유롭고
행복하게 만든다는 것을

아무리 좋은 삶의 지식도
비움과 채움은
오로지 자신 몫이고

삶의 아름다움은
쓴맛 단맛을 보고 난 후

느낄 수 있다는 걸

이쯤 살아 보니
아무리 힘든 삶도
노하우가 생기더라.

긴 장마

하염없이 쏟아지는 장대비
언제 그치려나
물 폭탄만 토해 내고

유난히 긴 장마
무서운 자연재해
물난리로 둑이 무너져 내리고
삼켜 버린 우리네 마음
인력으로 막을 수 없어
안쓰러운 밤

이재민들의
아프고 놀란 마음
무엇으로 다독여 줄 수 있을까
상처 받은 이들의
슬픈 마음
어찌 헤아릴 수 있을는지…

어김없이 밝아 오는 새벽녘

후드득 떨어지는 빗소리

오늘도 걱정 한 짐이구나.

괜찮아, 웃는 거야

괜찮다고 생각하면
아프지 않고
많이 웃으면
행복할 줄 알았는데
때론 그렇지 않은가 봐

그래도
훌훌 털고
씩씩하게 일어나는 거야

괜찮아
웃음은 공짜라는데
실컷 웃어 보자.

배포(排布)

할까 말까
될까 말까 망설이지 말고
한 번 부딪쳐 보자

우물쭈물
고민 고민 금쪽같은 시간
그냥 흘러간다

누가 뭐래도 내 인생
어차피 선택은
자신에 달려 있지 않은가

별일 아닌 일
새가슴 되지 말고
마음 안에 두둑한 배포

때론 나 자신을 위해

키워 보는 것도 나쁘지 않으니
마음껏 두드려 보자.

말, 말, 말

살아가면서
별일 아닌 일로
상대방에게 상처를 줄 때가 있습니다

농담으로 한 말
생각 없이 툭 던진 말
비수가 되어 꽂힐 때가 있고

웃으며 한 말이어도
속상하고 기분 언짢을 수
있기 마련이지요

알고 있으나
실천하기 어려운 말
가까운 사이일수록 상처 받기 쉽고
아프기 마련이니

말을 할 때

서로서로 조심하고

배려의 마음 잊지 마세요.

중년의 당신이여

괜스레 마음 울적해지고
감정에 오류가 생겨
가끔 흔들리기도 합니다
누구를 만나든
이야기 우선순위는
건강으로 시작하여 건강으로 끝나고

여기저기 삐거덕 삐거덕
친구보다 병원을 가까이 하게 되는 나이
서글픔이 밀려오지만
여기까지 최선을 다해 달려온 당신
그런 당신을
따뜻하게 안아 주고 싶습니다

살아오면서
겪어야 했던 크고 작은 일들
청심환 한 알로

가슴 쓸어내린 적도 많지만

순발력을 발휘

현명하게 대처하여 잘 이끌어 온 당신

그런 당신이 고맙습니다

중년의 아름다운 당신이여

당신 참 애쓰셨습니다.

살다가 살다가

살다가 힘든 일 생기거든
누구를 탓하지 말거라
이미 생긴 일이거늘 어찌하겠느냐

살다가 울 일이 생기거든
누구를 원망 말고 실컷 울어 보렴
울고 나면 속이라도 시원하지 않겠니

살다가 이별할 일 생기거든
너무 슬퍼 말아라
인연은 만났다가
헤어지기도 하는 것이란다

살다가 사랑할 일이 생기거든
밀고 당기는 시간을 줄이거라
사랑의 실타래가 항상 질기지 않으니
적당히 밀고 당기려무나

살다가 행복한 일 생기거든

너무 잡으려 애쓰지 말거라

무엇이든 잡으려 하면 달아나고

꽉 쥐고 있는다고 내 것이 아니잖아.

여름 불청객

앞만 보고 걷다가
여유로운 삶을 살고자
살짝 옆을 돌아봤더니
생각하지 않은 불청객이 찾아오더라

건강도 챙기고
느리게 가고 싶지만
말처럼 되지 않고
늘 걸음을 재촉하고
동분서주 바쁘기만 하더라

그래서일까
틈을 비집고 찾아온 손님
생소하고 알 듯 말 듯한 정체
낯설기만 하고

휴식과 함께

면역력 키우고

영양보충 권하는 손님

손님이라 말하기엔 너무 힘들어

불청객이라 명하노라.

친구야

삶은
정의를 내릴 수 없지만
굴곡을 넘나들며
살아가야 한다는 건
익히 알고 있는 일

힘들다고 세상을 탓한들
변함이 없고
아픈 건 입이요
쓰라린 건 마음이지

한 번 더 생각하고
한 번 더 마음 추슬러 살다 보면
행복에 겨운 웃음
나누는 날 또한 오겠지
그때까지 열심히 살자 친구야.

너를 보면 가슴이 아파

아프면
아프다고 말해야지
쌓아 두면
가슴에 멍이 드는 거야

슬프면
슬프다고 말해야지
털어 내지 못하면
가슴에 응어리가 생기는 거야

힘들면
힘들다고 말해야지
참을수록
어깨가 더 무겁기 마련이란다

쉬운 일 아니지만
최대한 마음 비우고

털어 낼 건 미련을 두지 말자

지금 창밖을 한번 바라보렴
오월의 신록
가시 돋친 장미도
우릴 보고 활짝 웃고 있잖아.

가만히 안아 주세요

사람들은
작은 생채기에도 아파하고
상처가 덧나지 않을까
작은 스침에도 깜짝 놀라게 됩니다

보이는 상처는 잘 덧나지 않고
보이지 않는 마음 상처가
문제가 되고
탈이 나기 마련이지요

누군가 아프다고 하면
이것저것 묻지 말고
가만히 안아 주세요
그것만으로 큰 위안이 되고
용기가 생길 거예요.

6월 첫날에

6월 첫날
당신이 먼저 생각났습니다
유난히 힘들게 보낸 5월

누군가 첫날의 행복을 빌어 주면
한 달 내내 행복하다는 글귀를
본 적 있기에

오늘은
당신의 행복만을 위해
마음을 모아 봅니다

5월 가시 넝쿨 장미도
6월 꽃을 피우기 위해
또 하나의 가시를 꺼내며

뜨거운 태양 아래

축 처진 푸른 잎을
바람결에 날리고 있습니다

6월엔 조금 더 단단하고
고운 미소 머금은 사람이
당신이길 바랍니다.

날씨 따라 하기 없기예요

오늘 먹구름 가득하다고
비 내릴 것 같다고
당신도 따라 하기 없기예요

마음에 담고 있는
좋지 않은 일들
빗님에게 줘 버리고
소리 내어 웃어 보는 거예요

힘들었던 마음
훨씬 가벼워지고
무언가 할 수 있다는
용기가 생기잖아요

힘내세요
항상 응원하는 내가 있잖아요.

향기 나는 삶

오늘처럼 눈부신 날
텅 빈 듯 공허한 날에도
삶은 향기가 나더라

밤이슬에 헛기침하고
찬바람에 떨리던 풀잎조차
돌아눕던 날

꽃길 아니어도 향기가 나고
술 한 잔
안주 삼아 마시는 삶에도
향기는 나더라

쓴 맛이 나면 어떠하고
시큼한 맛이 나면 어떠하리
너도 나도 만들어 가는 인생
삶의 고운 향기
풀풀 피워 보자.

아량

다른 사람의 허물을
스스럼없이 말하지 말고
단점을 논하지 말자

그 사람 또한
누군가와 내 허물을 이야기하며
웃고 있을지 모른다

다른 사람의 아픈 과거를
이야기 대상에 올려
아무렇지 않게 말하지 말자

아픈 과거를
지우려 애쓰는 그 사람은
지금쯤 눈물 흘리고 있을지 모른다

다른 사람의

허물은 감싸 안고

아픔은 다독일 줄 아는

넓은 아량을 베푸는 사람이 되자.

이 또한 지나가리라

살다 보면
몸과 마음이 아플 때가 있지만
그래도 괜찮습니다

돌고 돌아가는 세상
이 또한 지나고 나면
새 살 돋고
상처가 아물기 마련이지요

꽃 피고 지는 일도
자연의 섭리라지만
이 또한 상처가 있나니
하물며 사람인들 오죽할까.

밑져야 본전 아니겠소

이래도 한 세상
저래도 한 세상
빠른 걸음이나
느린 걸음이나 매한가지

누구나 빈손으로 왔다
빈손으로 가는 건 정해진 이치요
가진 것 많다한들
욕심 부린들 다 부질없는 일이지요

이런 일 저런 일 탈도 많은 세상
시시비비 가린다한들
가려지는 일도 드물건만
별일 아닌 일에 언성 높여 무엇하오

내 생전
다른 사람 위해

좋은 일 한번 해 보는 것도

밑져야 본전 아니겠소.

오늘이 마지막인 것처럼

몸은 아파도
마음까지
아프지 않았으면 좋겠어

마음이 아프면
일어날 수 있는
희망마저 빼앗기고 만다

오늘이
마지막인 것처럼
그렇게
최선을 다해 살아가다 보면

소중하고
아름답지 않은 것은
아무것도 없지 않은가.

나는 누구일까요

희끗희끗 서리 앉은 머리카락
손가락 마디마다 굵어진 힘줄이
세월의 흐름을 말해 줍니다
꼬물거리던 아이들도
하나둘 짝을 만나 품 안에서 멀어지니
마음이 텅 빈 듯하더이다

앞만 보고 걸어야 하는 줄 알았습니다
고개 돌리면 안 되는 줄 알았습니다
허리 굽어지는 줄 모르고
일에 매달려 살아왔는데
나는 지금 아무것도 모르는
어린아이입니다

누군가 자꾸만 내 이름을 묻고
나를 보며 웃어 줍니다
누군가 자꾸만 맛있는 걸 입에 넣어 주고

나를 보며 눈물을 흘립니다
왜 그럴까요?

나는 사랑하는 사람들을
오래도록 잊지 않고
함께 살아가고 싶지만
흐릿해지는 기억
하나둘 지워지는 추억이
안타까울 따름입니다

지금 창밖엔 비가 내립니다
이름도 성도 모르는 내가
비를 보며 하염없이 눈물만 흐릅니다
나는 누구일까요.

인생은 변화무쌍하다

흘러가는 것이
어디 물뿐이고
지나가는 것이
소나기뿐이더냐

시간 흐르고
바람도 지나가니
빠르게 가는 세월 아쉬워 말고
부는 바람 피하지 말자

어차피 인생은
예고 없는 드라마
하루하루 변화무쌍하지 않은가.

어찌 날씨 탓이라 하겠느냐

정기검진 있던 날
구겨진 마음 아랑곳하지 않은 채
시간에 밀려
몸을 실은 첫 기차

한참을 달리다 문득
밖을 내다보니
싱그러운 신록의 계절
볼 수 있다는 것만으로
잔잔한 감동이 밀려 왔다

눈부시게 푸르른 날
눈물 나게 아름다운 날
그대 눈가에 흐르는 눈물
어찌 날씨 탓이라 하겠느냐.

삶은 그런 것이더라

하루 사이
생과 사를 넘나들었다
생각지 않은 일
시술 도중 일어나

중환자실에 누워 있던 나에게도
다시 살아갈 수 있는
희망의 빛이 스며들더라

삶이란
살아갈 때 느끼지 못하던 것들을
또 다른 시간을 통해
깨닫게 해 준다

아무리 힘든 삶이어도
투정 부리지 않고
다시 태어난 기분으로
변함없이 잘 살아가련다.

병실에서

여기까지
달려오느라 참 애썼다

힘들다
쉬어 가자
몸이 보내 온 신호를 무시하고
전진만 했더니
덜컥 탈이 나고
회복도 더디기만 하더라

느리게 간다고
나무라는 이 없는데
종종걸음으로
이리 뛰고 저리 뛰고
바삐 걸으며 살아온 날들

이유가 무엇이든

내게 찾아온 휴식

그동안 수고한 나 자신을

가만히 안아 주고 다독여 주자.

두근두근 걱정돼

처음 있는 일도 아닌데
갈 때마다 심장이 요동을 친다

혈압은 오를 대로 오르고
진정시키려 해도
두근거리는 마음

오늘은 어떤 말을 듣게 될까
검사 결과는 괜찮을까
괜찮을 거라며
혼잣말로 위로해 보지만

병원 가는 날이면
누군가 옆에 있어도
괜스레 두근거리고 걱정돼.

친구야, 천천히 가자

앞만 보고 걸어온 지난날들
돌이켜 보니
돌부리에 걸려 넘어진 날도
눈물 쓱 훔치며
먼지만 툭툭 털고 일어났는데

요즈음 왜 그런지
자꾸 마음 약해지고
나도 모르게 눈물이 나
그냥 감성 탓이라고 말할까
아님 가을 탓이라고 말할까

한 살 한 살 먹을 때마다
옛 친구가 그리워지고
살짝 부는 바람에도 옆구리 시린데
너도 그런 거니?

별일 아닌 일에 서운해하고
가끔 우울해지기도 하고
철부지 같은 나를 어쩌면 좋아

친구야 급한 일 없는 인생
서두르지 말고
심호흡 한번 하고
남은 인생 천천히 가자.

다 잘될 거예요

사람이 살아가는 일
어찌 좋을 수만 있을까요

어제 좋지 않았던 일이
내일로 이어지지 않는다는
보장이 없지만
그래도 역시
맘먹기 나름인가 봅니다

좋은 일이든
나쁜 일이든
마음에 따라
울고 웃게 되는 거지요

오늘
걱정되는 일 있더라도
너무 걱정하지 마세요
다 잘될 거예요.

3부

사랑은 따뜻한 심장으로

당신이 좋아서

당신이 좋아서
가을 햇살을 담고
길을 나섭니다

한들한들
코스모스 반겨 주고
드높은 파란 하늘
흰 구름 두둥실
솜사탕처럼 달콤한 날

당신과 함께
팔짱을 끼고 걸어도
참 좋은 날입니다

당신이 좋아서
가을 햇살을 담고
살며시 웃어 봅니다

흐린 날에도

미소 지을 수 있고

가을 그리움도 사랑이 됩니다.

사랑은 따뜻한 심장으로

누가 그러더라
사랑은 서로의 마음을
편하게 해 주는 것이 제일이래

반짝반짝 빛나는
예쁜 선물도 좋고
열정 담은 장미꽃도 좋지만

무엇보다 중요한 건
서로에게 상처 주지 말고
따뜻한 손길로 다독이며
함께 걸어가는 것

가만히 포용해 주는
따뜻한 심장을 가진
그런 사람이 좋더라.

사랑스러워

어설픈 애교와 말투에
맞장구 쳐 주며
배시시 웃어 주는 모습이
사랑스러워

실수를 하여도 모른 척
슬며시 감싸 주는 모습이
너무 사랑스럽다

조금 어설프고
실수를 하면 어때

사랑이란 두 글자로
서로 웃어넘기고
감싸 안으면 되는 것을.

10월 어느 날에는

곱게 물든 가을빛
콩닥거리는 가슴
덩달아 사랑 꽃 피네

겹겹이 포장하지 않고
애써 마음을 꾸미지 않아도
감동이 되는 10월

무뎌진 마음
사랑으로 물들었으면 좋겠고
하루만이라도
활짝 웃으며 내게 왔으면 좋겠다

두 팔 벌린 가슴으로
아픈 마음
안아 주고 싶은 10월 어느 날에는

그대여 눈부시게 빛나라

그대여 행복하게 웃어라.

고맙습니다

늘 마음 한편
고맙다고 말하고 싶은 사람이
있습니다

각박해진 세상이라 말하지만
따뜻함이 식지 않고
항상 그 마음
유지하는 참 고운 사람입니다

그 사람 때문에
가끔 아프기도 하지만
그 사람 덕분에
여러 번 넘어져도 일어설 수 있고

그 사람이 있어
이렇게 살아갑니다
오늘 하루도 참 고맙습니다.

난 네가 좋아

하루 종일 웃었어
누가 보면
바보라고 할 거야

그래도 난
너무 좋아
내 손끝엔 항상 네가 있잖아

중독되어도 괜찮아
너만 있으면 돼.

내 사랑 바보

조금은
부담되지만 싫지 않은 내 사랑
애교 부리며 종알거려도
그저 웃음으로 묵묵부답

"사랑해"라는 말은 잘하지만
표현이 서툴고
어딘지 모르게 어색해
진심 어린 사랑을 다 전달하지
못하는 바보

사랑을 주어도
사랑인지 모르는 눈치 없는 사람
사랑받는 줄 모르고
어린 아이처럼 자꾸만 보채는
바보 같은 내 사랑.

그대와 함께 있으면

가끔 만나 차 한 잔 마셔도
마음 편안한 그대가 좋다

별 이야기 아니어도
고개 끄덕이며 활짝 웃는 모습
꾸미지 않은 순수함이
마음을 사로잡는다

그런 그대와 함께 있으면
힘들었던 일들
머리 아프던 걱정거리도 잊은 채
나도 모르게
소리 내어 웃게 된다.

소중한 당신

내 삶의 희망이 되어 준 당신
내 삶의 행복이 되어 준 당신
당신이 곁에 있다는 것이
얼마나 고마운지 모릅니다

평생을 살아가도
다 갚지 못하겠지만
살아가는 동안
힘이 되는 노래로
삶의 리듬을 맞추고
힘이 나는 언어로
당신 귓가에 머물 것입니다

가끔
무심하다는 생각이 드는 날도 있고
서운한 생각 드는 날도 있겠지만
당신 생각하는 마음 변함없으니

남아 있는 인생길

잡은 손 놓지 말고

조급해하지 말고

천천히 조금씩 함께 걸어가요.

가을엔 편지를 씁니다

보기만 하여도
눈이 시린 가을입니다
바람결에 한들거리는 코스모스
은은한 향기로
코끝을 자극하고

고추잠자리 춤추는 한낮
가을빛 닮은 커피 향
나도 모르게
그대 생각이 났습니다

노란 은행잎
울긋불긋 단풍잎
겹겹이 포장하지 않아도
눈물 나는 가을

이 가을

한 통의 편지를 씁니다

수식어의 말보다
사랑한다는 말만
수줍게 넣어
그대에게 보냅니다.

사랑은 예쁘다

아무리 사랑이
예쁘다 하여도
진심 어린 마음 없다면
가슴으로 느껴지지 않고

아무리 사랑이
소중하다 하여도
따뜻한 마음이 없다면
가슴이 뛰지 않는다

콩닥콩닥
두근거리지 않더라도
예쁜 눈으로
고운 미소로

예쁘다 예쁘다 말하니
당신 참 예뻐 보인다
사랑 참 예쁘다.

오늘은 꼭

가장 가까운 사이인데
마음에 담아 두고
쉽게 전하지 못하는 말이 있습니다

오늘은
꼭 하리라 다짐하면서
입안에 맴도는 아름다운 말

때론, 행복이란 말보다
더 값지고 귀한 말
달콤한 사탕보다 더 맛있고
보석보다 더 빛나는 말

소중한 사람에게
꼭 전하고 싶은
가장 아름답고 예쁜 말
들을수록 기분 좋고 설레는 말

오늘이 가기 전
꼭 하고 싶은 이 한마디
"사랑해."

가을 연서

가을은
왠지 모르게
편지 한 장 보내고 싶어진다

노란 은행잎엔
좋아하는 시를 쓰고
붉은 단풍잎엔
하트를 살짝 그려 넣어

가을바람도 모르게
파란 하늘도 모르게
너에게만 보내고 싶다

잘 지내냐고
안부를 물으며
너의 마음 살짝 흔들어

가을이라는

핑계를 대며

우체국 앞을 서성인다.

너, 나랑 연애할래

때로는 달콤하고
때로는 쌉쓰름하지만
난 언제나 네가 좋아

오늘은 따뜻하고
내일은 차갑지만
난 언제나 네가 좋다

비 내리는 날
우산 없어도 괜찮은데
네가 없으면 안 될 것 같아

눈 내리는 날
팔짱 끼지 않아도
네가 있었으면 좋겠어

내 가슴

따뜻하게 데워 주는 너

너, 나랑 연애할래.

봄은 첫사랑입니다

올망졸망 희망이 싹트고
왠지 좋은 일이 생길 것 같아
풍선처럼 부푼 가슴
터질까 봐 조심스러워

바라만 보아도
두근두근 콩닥콩닥
수줍은 이 내 마음
발그레한 모습이 사랑스러워

살랑살랑 부는 바람
긴 머리 흩날리며
샴푸 향 가득한 그대는 봄

온 세상
핑크빛으로 물들고
사랑 향기 솔솔 나는 그대는 봄.

사랑꽃

어느 바람에 실려 왔나
코끝에 스미는 은은한 향기
아름다운 사랑의 꽃이런가

뽀얀 속살
순백의 마음
천진난만한 너와 닮았다

산과 들에 아카시아 향기
그윽하게 퍼지고
사랑이 꽃피는 5월

대롱대롱 맺힌 사랑
온 세상 아름답게
물들었으면 좋겠다.

사랑비

유난히 초롱초롱한 눈빛
선한 눈망울을 가진
수줍음 많던 아이

비 내리는 날
분홍색 원피스가 젖을까 봐
우산을 살짝 기울여 주던 아이

어깨가 닿을 듯 말 듯
어쩌다 손끝 스치면
콩닥거리는 가슴
홍조 띤 모습이 사랑스럽던 첫사랑

들릴 듯 말 듯
할까 말까 망설이던 그 말
"나 너 좋아해."

우리 사랑 가래떡처럼

순백의 마음으로 만난 너와 나
나이를 먹을수록
사르르 녹는 달콤한 사랑보다
오래도록 이어지는
끈끈한 사랑이 좋더라

화려한 색깔 덧칠하지 않아도
향긋한 냄새 나지 않아도
있는 그대로 네가 참 좋아

때론 따끈따끈하고
말랑말랑하고
쫀득쫀득하게 사랑하며 살아가자.

당신 참 예쁘다

예쁘다 예쁘다 말하면
사라질까 봐
눈으로 보고 마음으로 보았는데
오늘 당신 참 예쁘다

사랑스럽다 사랑스럽다 말하면
부담스러울까 봐
바라보기만 하였는데
오늘 당신 참 예쁘다

행복하다 행복하다 말하면
달아날까 봐
그냥 웃기만 했는데
오늘 당신 참 예쁘다

고맙다 고맙다 말하면
미안해할까 봐

꽃 한 송이 선물했는데

오늘 당신 꽃보다 예쁘다.

4부

생각이 나서

생각이 나서

햇살이 예뻐
네 생각이 났어

손 한번 펴 볼래
별건 아닌데
너에게 주고 싶어

축축한 마음엔
햇살 한 줌
힘들었던 마음엔
미소 한 줌

내 마음
네 손에 꼭 쥐어 줄게.

가을처럼

하루를 살아도
그대가 웃었으면 좋겠고
고운 향기 났으면 좋겠어

하루를 살아도
그대가 행복하면 좋겠고
사랑 향기 풀풀 나면 좋겠다

하루를 살아도
그대가 추억이 되고
시가 되어

가슴 한편
아름다운 수채화로
물들었으면 좋겠어.

당신 기다렸어요

옆에 있는 줄 모르고
동구 밖 서성였는데
살포시 안아 주는 걸 보니
당신이 오셨군요

고온 다습한 날씨에
잠 못 이루고
모기한테 헌혈하느라
지친 이내 몸

당신이 그립다는 말로
다 표현할 수 없겠지만
나는 오로지 당신을
당신만을 기다렸어요.

커피, 너처럼

비가 내려요
이런 날은 몽글몽글 그리움이
덩달아 핀다

커피처럼 따뜻하고
그윽한 향을 지닌 그대가

창가를 두드리는 비처럼
귓가를 간지럽히듯
깨워 줄 것만 같은 이 아침

괜스레 맘 설레고
콩닥콩닥
두근거리는 이 시간

말하지 않아도
오롯이 느끼는 이 행복
그냥 웃음이 나.

빛이 되는 당신

내 생애
가장 아름다운 이름이여
이 가을
당신 이름을 부르려니
목이 멥니다

하늘에
떠 있는 수많은 별들 중
가장 빛나는 당신
당신은 언제나
희망의 빛이 되어 주었지요

손 내밀면
잡아 줄 것 같은데
힘들다 말하면
안아 줄 것 같은데

당신 없는 하늘 아래

곱게 물든 그리움 하나둘

아름다운 단풍잎으로

당신 마음에 내리고 싶어요.

흰서리

겨울이 추억을 데리고 오더니
벙어리장갑을 선물로 주셨네
긴긴밤 뜨개질하시던 울 엄마
흰 눈이 심술도 데리고 왔나 봐

온 세상 하얗게 만들더니
울 엄마 머리에 앉으셨네
괜스레 앞을 가리는 눈물
애꿎은 눈송이 탓을 한다.

그리움

커피에
그리움을 넣지 않아도
그리운 건
분명 사람만이 아니다
흥얼거리던 7080 팝송과 노래

이어폰 하나면
추억의 그리움이 하나둘
덧칠하지 않아도
아름다운 수채화가 된다.

안부

문득 보고 싶고
그리워지는 너
문득 고맙고
생각나는 너

너는 언제나
내 마음 속을 흔들고
내 기억 속에 머문다

잘 지내는 거지
날씨 추워졌네
바쁘더라도
밥 꼭 먹고 다녀.

봄이라고

바람이 심술이 났나 봐
이런 날은 한 통의 전화를 걸어
너의 안부를 묻고 싶다

꽃샘추위
콜록콜록 기침이라도 하지 않을까
봄이라고 옷은 또 얼마나
얇게 입고 다닐까

아직은 이른 봄이야
오늘처럼 시샘하는 날도 있으니
봄바람 무시하지 마

봄이니까 괜찮아
봄이니까 괜찮을 거야
봄이니까, 봄이니까

봄꽃이 예쁘다고
봄 햇살 따뜻하다고
너무 믿으면 안 돼.

눈물의 카네이션

어버이, 날 낳아
애지중지 키우시고
가슴에 꽃 한 송이
달아 드리지 못했는데

무엇이 그리 바빠
가신 길, 다시 오지 못하니
이 내 마음
그리움의 꽃으로 물듭니다

녹록지 못한 살림
막걸리 한 잔
구수한 노랫가락이
전부였던 그 시절

지금 생각해 보니
에이는 가슴 먹먹합니다

햇살이 유난히
반짝반짝 빛나는 오늘
사랑한다는 글을 써서
당신 가슴에
꽃 한 송이 달아 드리고 싶은 날

하늘을 올려다보니
구름 한 점 없고
눈부신 햇살 때문에 눈물 납니다.

사부곡(思父曲)

지금 이 시간
당신이 무척이나 보고 싶습니다
어깨의 짐은 내려놓아도 무겁기만 하고
가슴의 통증이 느껴질 때마다
나보다 더 아팠을 당신 생각하니
마음이 아려 옵니다

온몸이 식은땀으로 범벅되고
지독한 통증으로 사경을 헤맬 때
호미 들고 밭에 가신 어머니를
핏대 세우며 부르는 게
전부인 줄 알았던 여섯 살의 추억
참으로 가슴 먹먹합니다

빈곤한 삶을 물려주신 아버지
내민 손, 잡아 주지 못하는 아버지
가끔 원망 섞인 푸념도 늘어놓았지만

당신 없는 삶은

늘 그리움으로 사무칩니다

막걸리를 좋아하시던 아버지

먹구름 드리운 오늘은

구수한 노랫가락이

이 내 마음을 울립니다

보고 싶고 그리운 아버지

사랑합니다.

울 엄마

남편을 일찍 여의고
가느다란 허리띠 졸라매며
사내대장부라 불리던 당신

숙명처럼 지고 살아온 가난 앞에
오롯이 자식을 위해
억척으로 보릿고개 넘기며
몰래 훔치던 눈물
당신의 아픔이었습니다

따뜻한 등, 자식에게 내어 주고
목에 걸릴까 봐
생선 가시 발라 주며
머리가 더 맛있다던 당신
당신의 그 마음을
어찌 말로 표현할 수 있을까요

서리 앉은 머리카락

비단결 고운 손 온데간데없고

고스란히 전해지는 삶의 애환

한없이 가녀린 당신 모습에

눈물이 납니다.

넌, 언제 올 거니

빗님은 욕심쟁이
그리움을 데리고 와
내 마음 온통 적셔 놓고

방울방울 맺힌 이슬
나지막이 불러 보는 이름이여
이제나 저제나 애타는 내 마음
넌 언제 올 거니

빗님은 욕심쟁이
추억을 데리고 와
네 곁에 서성이게 해 놓고

방울방울 맺힌 그리움
빗방울 수만큼 보고 싶은 너
넌 언제 올 거니.

가을 여백

쏟아지는 햇살
옷깃을 여미는 찬바람
한 잎 두 잎 내려오는 낙엽비

가을이라 부르기 전
이별을 준비하는 바쁜 손놀림
감성에 젖어 볼 겨를 없이
삶의 모퉁이만 돌고 돌아
무덤덤해진 가슴 하나

그대가 그랬던 것처럼
갈잎 구르는 소리에
주르륵 눈물이 흐릅니다

눈물 나게 아름다운 가을
그러나, 담아낼 수 없는 메마른 가슴
시인의 이름으로

가을 여백을 남기며
아쉬운 이별을 고합니다.

마스크 대란

신종 코로나 바이러스 감염 확산
너도 나도 마스크 착용 필수
마스크 가격 폭등으로
'벌크 마스크'를 매입
이득 보려는 사람들이 늘어났고

뜬눈으로 지새운 사람들
이른 새벽, 영문도 모른 체
엄마 손에 이끌려 나온 아이가
연신 하품하는 모습이 애처롭다

불편한 몸으로
긴 줄 서서 기다리는 사람들
1분 1초가 아까워
밥 한 술 뜨지 못한 채 나온 사람들

약국마다 돌아봐도 빈 손
때 아닌 마스크 대란이 일어났다.

이겨 내자 대한민국

세상이 온통
코로나 19 바이러스로
몸살을 앓고
웃음소리 들리던 거리
숨죽인 발자국 소리만 들려올 뿐
삭막하기만 합니다

지금은 마음과 마음이 모여
하나로 뭉쳐야 할 시기
누구의 잘잘못을 따져
시간 낭비하지 말고
헛된 일 기운 빼앗기지 말고
바이러스와 싸워 나가야 합니다

우리는 할 수 있습니다
비록 몸은 가까이할 수 없지만
마음 하나로 똘똘 뭉친다면

얼마든지 이겨 낼 수 있지요

맘 놓고 숨 쉬고
따뜻한 밥 한 끼로
끈끈한 정 나누고 싶습니다
이겨 내자 대한민국
물리치자 코로나 19.

그대 사랑으로

나는 그대가
어디 살고 있는지
무엇을 좋아하는지 잘 모릅니다
나는 그대와
악수 한 번 한 적 없고
살포시 안아 본 적 없지만

그대 손길 하나하나
마음이 놓이고
그대 발길 닿는 곳에
희망이 생깁니다

나는 그대에 대해
아는 것 없고 만난 적 없지만
그대 얼굴에 깊게 팬 흔적들
여기저기 투혼의 상처들
비 오듯 흘러내리는 땀방울

그대가 주는

고귀하고 끝없는 사랑이라는 걸

가슴으로 스며 든 잔잔한 감동이

나도 모르게

눈물 되어 흐릅니다

고맙습니다

사랑합니다

힘내세요.

*코로나 19로 인해

보이지 않는 곳에서 애쓰시는 모든 분들께

진심으로 감사의 마음 전합니다.

간절히 비나이다

달아 달아 밝은 달아
온 세상 훤히 비춰 주는 달아
너도 나도 콜록콜록
여기저기 떠다니는 바이러스

답답하고
어지러운 세상
내 소원 하나 들어주렴

내 건강
가족 건강도 중요하지만
신종 코로나 바이러스 대신
행복 바이러스
널리 널리 감염시켜 주오.

힘내요, 우리

잘 지내냐는 말
한마디 말속에
모든 마음 담아 놓고
오늘 하루 안부만 묻습니다

힘들다 내색 안 해도
보고 싶다는 말 하지 않아도
얼마나 답답하고
보고 싶은지 나는 알아요

나만 그런 거 아니니까
나만 힘들다고 티 낼 수 없으니까
꾹 참고 있는 거지요

그래도 우리
잘하고 있으니
좋은 소식 들려올 거라 믿어요

조금만 더

조금만 더

힘을 내 봐요.

당신 꼭
행복하세요

ⓒ 최유진, 2020

초판 1쇄 발행 2020년 10월 7일

지은이   최유진
펴낸이   이기봉
편집   좋은땅 편집팀
펴낸곳   도서출판 좋은땅
주소   서울 마포구 성지길 25 보광빌딩 2층
전화   02)374-8616~7
팩스   02)374-8614
이메일   gworldbook@naver.com
홈페이지   www.g-world.co.kr

ISBN   979-11-6536-870-8 (03810)

이 도서의 국립중앙도서관 출판예정도서목록(CIP)은 서지정보유통지원시스템 홈페이지(http://seoji.nl.go.
kr)와 국가자료공동목록시스템(http://www.nl.go.kr/kolisnet)에서 이용하실 수 있습니다. (CIP제어번호 :
CIP2020041591)